Organiza: Departamento de Euskera, Cultura y Deporte

Portada: Jesse
Diseño: Álex Oviedo

Primera edición: Junio 2024

LG BI 754-2024

ISBN 978-84-7752-230-0

www.bizkaia.eus/argitalpenak

X BizkaIdatz Txikia
CONCURSO LITERARIO
INFANTIL Y JUVENIL
2023-2024

Mónica García

Una nueva familia

Ilustraciones: JESSE

Bizkaia
foru aldundia
diputación foral

Premio Literario Infantil y Juvenil
X BIZKAIDATZ TXIKIA 2023-2024

———

En la décima convocatoria del Premio BizkaIdatz Txikia, en su modalidad de relato en castellano, con un jurado formado por Mónica García Saiz, Andoni Abenójar Martínez de Eulate y Borja Alonso Vaamonde, decide premiar, como continuación del relato titulado "UNA NUEVA FAMI-LIA", escrito por Mónica García Saiz, a los siguientes relatos en cada una de las categorías establecidas en la presente convocatoria:

-Categoría INFANTIL,
alumnado de 3º y 4º de Educación Primaria (Grupo I):
BEÑAT MARTÍNEZ DE LA TORRE,
con el relato titulado "UNA NUEVA FAMILIA".
Centro escolar: Colegio San José – HH Carmelitas (Santurtzi).
Curso 4º EP.

-Categoría INFANTIL,
alumnado de 5º y 6º de Educación Primaria (Grupo II):
ENARA ALONSO-CARRIAZO SÁNCHEZ,
con el relato titulado "UNA NUEVA FAMILIA".
Centro escolar: San Juan Ikastetxea (Muskiz). Curso 6º EP.

-Categoría JUVENIL,
alumnado de 1º y 2º de Educación Secundaria (Grupo III):
DANIEL ALONSO ALONSO,
con el relato titulado "UNA NUEVA FAMILIA".
Centro escolar: IES San Adrián BHI (Bilbao). 1º ESO.

-Categoría JUVENIL,
alumnado de 3º y 4º de Educación Secundaria (Grupo IV):
IZARO IZAOLA ARAGÓN,
con el relato titulado "UNA NUEVA FAMILIA".
Centro escolar: La Salle Bilbao (Bilbao). 4º ESO.

Mónica García

Una nueva familia

Ilustraciones: JESSE

Mr. Bigotes estaba muy nervioso. ¡Por fin había llegado el día! Iba a tener una familia de verdad, como las que veía por la ventana del refugio de animales en el que vivía. Meneaba la cola, ansioso por que pasara el tiempo con mayor rapidez. No había pegado ojo desde que la señorita Ruby le había dicho que su nueva familia vendría a por él.

En la pared, el reloj parecía haberse detenido, el tic-tac tic-tac incansable en silencio. Los minutos parecían horas y los segundos, minutos. ¿Cuándo llegarían a por él?

Se acurrucó en la jaula y observó cómo sus compañeros se tomaban el desayuno. Él no había ni tocado el suyo. Tenía la tripa llena de mariposas que revoloteaban sin dejarlo comer.

¿Cómo sería su nueva familia? ¿Sería cariñosa? ¿Divertida? ¿Habría niños con los que jugar? Mr. Bigotes era un gato muy travieso y solo esperaba que allá donde fuera lo quisieran.

Su compañero de jaula, un gatito recién llegado de la calle, con un ojo del color de las aceitunas y el otro azulito, se acercó a él.

—¿Qué te pasa, Mr. Bigotes? Hoy no has tocado tu plato, con lo glotón que eres.

Se quedó mirando al cachorro. El bichito de pelaje negro se estiró todo lo que pudo, todo lo largo que era. La señorita Ruby se lo había puesto de compañero porque hacía tres meses el suyo se había marchado y llevaba solo desde entonces. Iba a echarlo mucho de menos. ¿No podía llevárselo consigo?

—Hoy viene mi nueva familia, Oreo —le dijo con un suave ronroneo.

El minino se sentó en el suelo, al lado del gatito, y empezó a acicalarse: primero las patas delanteras y luego las traseras, el lomo moteado… Quería estar limpito y guapo para la ocasión.

—¿Cuándo tendré yo una? —lloriqueó el pequeño.

Oreo había sido el último gato en llegar al refugio. Llevaba tan solo dos semanas allí. Mientras tanto, Mr. Bigotes se había pasado dos largos años enteros esperando a que vinieran a por él. Aunque no todos los gatos tenían la suerte de ser adoptados y los más mayores terminaban perdiendo la esperanza.

Mr. Bigotes había llegado a pensar que nadie lo quería porque cojeaba de una pata o porque su pelaje atigrado no era lo suficientemente bonito. O porque maullaba poco.

Pero cuando el señor y la señora Gómez fueron al refugio hacía unos días, sintió que algo en su corazoncito hacia clic. La pareja se detuvo en un par de jaulas, pero al llegar a la suya, Mr. Bigotes los vio y empezó a batir la cola. Se había acercado a ellos para olisquearles a través de los barrotes y cuando la señorita Ruby lo vio tan animado, lo sacó de su jaula incluso.

Resultó que a esos dos les había caído tan bien que habían decidido adoptarlo. Y él estaba muy ansioso por conocer su nuevo hogar.

—No lo sé, bichito —le dijo Mr. Bigotes, triste—. Puede que mañana, puede que dentro de un mes, puede que dentro de un año o puede que nunca. No todos quieren gatos callejeros.

—¿Por qué? Somos igual de buenos que los demás.

Mr. Bigotes sintió tanta ternura por Oreo que empezó a lamerle la cabeza, como siempre hacía. Desde que el pequeño animalito había llegado, lo había cuidado como a un hermano más. Qué triste iba a ser alejarse de él.

—Muchos humanos no lo saben. Creen que por haber nacido en la calle no somos igual de válidos, pero, ¿sabes una cosa? Ellos se lo pierden. Eres un gatito muy lindo.

—¿Qué voy a hacer cuando te vayas? —Oreo estaba igual de triste que Mr. Bigotes. No podía creerse que su mejor amigo se marchara para siempre de aquel lugar. No quería quedarse solo—. ¿No puedo ir contigo?

Mr. Bigotes dejó de lamerle.

—No puedes. Es parte de hacerse adulto. Tienes que dejarme ir. ¿Quién sabe? Puede que algún día nuestros caminos se crucen de nuevo.

Oreo se acurrucó contra él.

—Voy a echarte mucho de menos.

—Yo también voy a echarte de menos. Ya verás cómo antes de lo que crees tendrás un nuevo compañero, aunque no será tan bueno como yo —se rio el minino.

La cola atigrada de Mr. Bigotes y la negra con un puntito blanco —como un pompón había pensado la primera vez que vio a aquella bolita de pelo oscura— de Oreo se entrelazaron entre sí como solo los hermanos de alma podían hacer.

Los dos gatos permanecieron así, juntos, hasta que vieron la cabellera pelirroja de la señorita Ruby. Era una mujer tan pequeña que la primera vez que Mr. Bigotes la vio había pensado que era una niña. Tenía la cara salpicadas de pecas —como pequeñas constelaciones, pensó él— y unos ojos enormes como pelotas de tenis. Y la sonrisa, brillante como el mismísimo sol.

La muchacha se acuclilló y metió una mano entre los barrotes para acariciar a los dos felinos. Oreo enseguida empezó a ronronear. Era tan mimoso. Mr. Bigotes se tumbó panza arriba para que le rascara en la tripa, como a él más le gustaba.

La chica soltó una carcajada.

—Veo que hoy estáis de buen humor los dos —les habló con voz dulce. Y es que a la señorita Ruby le encantaban los animales; los gatos específicamente eran sus favoritos. Les estuvo acariciando un buen rato hasta que, con las dos manos, cogió a Mr. Bigotes—. Ven conmigo, preciosura. Tu nueva familia acaba de llegar.

«¿Tan pronto?», pensó el gatete con un burbujeo calentito en el cuerpo.

Mr. Bigotes estaba tan pero tan contento que empezó a maullar y a balancear la cola de un lado para el otro. Le lamió los dedos a la señorita Ruby, más feliz que una perdiz. La chica dejó escapar una risita mientras se lo pegaba al cuerpo y le acariciaba.

—Ay, qué feliz vas a ser, minino. Tendrás una mamá y un papá, y unos hermanitos humanos con los que jugar —canturreaba la pelirroja meciéndolo.

«¡Ya están aquí! ¡Ya están aquí!», pensaba el gatito, eufórico.

Le lanzó una miradita larga a Oreo, una despedida silenciosa, antes de perderlo de vista. La señorita Ruby lo llevó por el largo corredor. Una luz del techo tintineaba, los animales (perros, otros gatos e incluso loros) lo observaban con un velo de tristeza. Como diciéndole «Te echaremos de menos, amigo». Y es que ellos habían sido su familia a lo largo de esos años.

Cuando por fin llegaron a la antesala de la recepción, la chicuela le dio una chuche y lo metió en un transportín azulón.

—Vas a ser muy feliz, Mr. Bigotes. Ya verás que sí.

Y, con esas palabras, lo llevó a la recepción, donde un hombre, una mujer y dos niños pequeños lo esperaban. Vio a los pequeños a través de las rendijas del transportín, un niño y una niña, de ocho y seis años respectivamente. Ambos lo miraban con curiosidad e intentaban meter los dedos para poder tocarlo.

Así que esa era su nueva familia.

Una nueva familia

BEÑAT MARTÍNEZ DE LA TORRE

Así que ésa era su nueva familia.

Mr. Bigotes no cabía en sí de alegría, de todas las familias que podían haberle tocado, ésta le parecía maravillosa: una pareja a la que les había gustado y unos niños a los que seguro que les encantaría jugar con él. Sólo sintió un poco de pena al recordar que allí dejaba a Oreo triste y sólo y que quizá no lo volvería a ver nunca más.

Mr. Bigotes no se había equivocado. Los niños, que se llamaban Jon y Ane, estuvieron todo el trayecto en coche intentando acariciarlo a través de las rendijas del transportín, le hablaban los dos al mismo tiempo, así que Mr. Bigotes casi no entendía lo que le decían, pero estaba seguro de que estaban muy felices de que ahora fuera a formar parte de su familia:

—¿Cómo le llamaremos? —preguntó Jon—. ¡Mr. Bigotes es un nombre muy largo! Quizá podríamos llamarle sólo "Mister".

—O "Bigo" —respondió Ane.

A Mr. Bigotes le daba igual, cualquier nombre le parecía bien.

Tenía tantas ganas de salir del transportín, de jugar con los niños y de conocer su nueva casa, que el viaje en coche se le hizo eterno.

Por fin, la madre de Jon y Ane paró el coche y abrió la puerta trasera. Los niños salieron corriendo y gritando que querían jugar ya con su nuevo amigo. Tanta ilusión superaba con creces todas las expectativas de Mr. Bigotes. En cuanto abrieron la portezuela del transportín, ambos niños se lanzaron hacia él, lo acariciaron, lo abrazaron, lo achucharon... En definitiva, lo pasaron genial.

Nada más entrar en la casa, los padres de los niños le enseñaron dónde iba a dormir, comer y hacer sus necesidades. En un rincón de la cocina había una especie de cojín para que durmiera, dos cuencos (uno para comida y otro para agua) y un cajón de arena. ¡Y en todos ellos ponía su nombre! Se notaba que habían preparado su llegada con ilusión.

Pero Ane, la más pequeña de los hermanos, enseguida le susurró al oído:

—No hagas caso, Bigo, tú vas a dormir conmigo en mi cama, que es muy cómoda y calentita.

Jon lo escuchó y dijo:

—Nos tendremos que turnar Ane, ¡yo también quiero que Mr. Bigotes duerma conmigo!

Los días siguientes el gatito no podía creerse la suerte que había tenido, se pasaba los días enteros jugando con los niños. Le lanzaban una pelota, se revolcaban en la alfombra, él se ponía panza arriba y le acariciaban la tripa... Mr. Bigotes ronroneaba de alegría todo el rato.

Al cabo de unos días se enteró de que siempre no sería así, que esos primeros días los niños habían estado de vacaciones, pero que ahora tenían que volver al colegio y le dejarían algunos ratos solo en casa.

A Mr. Bigotes no le importó. Le dejaban los cuencos llenos de agua y comida. Él esperaba pacientemente, paseaba por la casa y por la tarde, cuando los niños llegaban del colegio, tiraban las mochilas y rápidamente se lanzaban a jugar con él. ¡Qué feliz se sentía! Los años de espera en el refugio habían valido la pena, ahora tenía una familia perfecta. Sólo le apenaba un poco recordar a veces a su compañero Oreo: ¿lo habrían adoptado ya? ¿Habría tenido tanta suerte como él? Esperaba que hubiera sido así.

Un día, Ane, a la que le gustaba susurrarle cosas al oído, el dijo:

—Mañana es el cumpleaños de Jon, ¿sabes lo que es un cumpleaños? Se hace una gran fiesta y recibes regalos. Por cierto, Bigo, no sabemos cuándo es tu cumpleaños..., ¡tendremos que pensar una fecha para hacerte a ti también una fiesta!

Al día siguiente, tal y como le había adelantado Ane, los padres de los niños decoraron la casa, invitaron a sus familiares, prepararon una merienda especial y cuando sacaron una tarta con nueve velas, que Jon apagó de un soplido, le entregaron algunos regalos. Mr. Bigotes observó con atención cómo Jon desenvolvía los paquetes: le regalaron un par de libros, un muñeco de un superhéroe y en el último paquete había un aparato pequeño y oscuro con una pequeña pantalla. Mr. Bigotes no sabía lo que era, pero debía ser algo muy importante, porque Jon se puso contentísimo al verlo.

Los días siguientes al cumpleaños, Mr. Bigotes se dio cuenta de que Jon, cuando volvía del colegio y tiraba su mochila, ya no iba a jugar con él, sino que cogía el aparatito y se quedaba mirándolo y tocando sus botones mucho rato. ¡Menos mal que Ane todavía jugaba con él!

Pero después de un tiempo, Jon le propuso a Ane que jugaran juntos. Enchufaron el aparatito a la televisión y en lugar de mirar la pequeña pantalla, miraban los dos la pantalla del televisor y tocaban botones cada uno en su mando. Debía ser muy interesante, porque estaban los dos muy concentrados todo el tiempo.

Mr. Bigotes empezó a sentirse triste. Ya no había abrazos, ni caricias en la tripa, ni revolcones en la alfombra. Algunos días los niños le saludaban justo antes de ponerse a jugar con el aparato nuevo, pero otros ni siquiera le decían nada.

Mr. Bigotes dejó de dormir en las camas de los niños y volvió a su cojín en la cocina. Casi no tenía hambre, ni sed... Él echaba mucho de menos a los niños, pero creía que los niños se habían olvidado de él.

Un día el padre de Jon y Ane se dio cuenta de que el gato no había probado bocado desde hacía días y pensó que estaba enfermo, así que lo llevó a una clínica veterinaria para ver si estaba enfermo. Allí, el veterinario le hizo una revisión completa:

—El gato está perfectamente sano —dijo—. Lo único que tiene es tristeza.

—¿Tristeza? —respondió el padre—, ¿y cómo puede ser? Si tiene de todo en casa: cama, comida, agua...

El veterinario se quedó pensativo y dijo:

—¿Y cariño? Estos animales son muy sensibles y necesitan sentirse queridos. ¿Ha habido algún cambio en casa últimamente que haya podido causarle esta tristeza?

—Pues no sé —dudó el padre—. Tendría que pensarlo, yo creo que está bien cuidado...

Sin embargo, en el viaje de vuelta desde la clínica veterinaria a casa, el padre siguió pensando y cuando llegó a casa ya tenía la respuesta a la pregunta del veterinario. Reunió a todos los miembros de su familia y les dijo:

—Ya sabemos lo que le pasa a nuestro querido Mr. Bigotes. Afortunadamente no está enfermo. Sólo necesita que le volvamos a dar todos el mismo cariño que le dábamos antes de que la videoconsola entrara en esta casa.

Entonces, se dirigió directamente a los niños y les dijo:

—Jon, Ane, creo que Mr. Bigotes os echa de menos. Vuestra madre y yo no nos habíamos dado cuenta de que ahora dedicáis demasiado tiempo a los videojuegos, en lugar de a otras cosas más importantes en la vida. ¡Menos mal que el minino nos ha abierto los ojos! A partir de ahora estableceremos unas normas de uso de la consola. Podréis seguir jugando, pero sólo algunos días y a algunas horas. Así volveréis a tener tiempo de jugar con Mr. Bigotes, de leer libros, de salir al parque con vuestros amigos...

Y a partir de ese día los niños cumplieron las nuevas normas, Mr. Bigotes volvió a acomodarse en sus camas, recuperó el apetito y la sed y, sobre todo, volvió a ser feliz.

Una nueva familia

ENARA ALONSO-CARRIAZO SÁNCHEZ

La familia que tenía ante sus ojos era su nueva familia. Estaba muy feliz. En cuanto le sacaron del transportín supo que tenía una conexión especial con aquella familia. Tras un largo camino, por fin llegó a su nueva casa y descubrió que era inmensamente grande. Tenía tres pisos. En el primero había una cocina muy amplia, un salón apacible y un comedor colorido. En el segundo se encontraba el despacho del padre, el de la madre, un dormitorio de matrimonio de colores anaranjados, una habitación de tonos azules que era el dormitorio de la niña (Yara) y una habitación de tonos blanquecinos que era el del niño (Daniel). Podía ir a cualquier zona de la casa salvo al despacho del padre. Le pareció extraña esa norma, ya que él sólo era un gato, pero decidió cumplirla para evitar problemas.

Comenzó a aprender cosas nuevas. Por ejemplo, dónde se comía o dónde tenía que asearse. Estuvo jugando un rato con los niños y, después de cenar, se fueron todos a la cama.

Esa noche tuvo unas horribles pesadillas. Cuando se levantó, sintió unas terribles náuseas durante todo el día. Pero al día siguiente fue peor. Las pesadillas fueron aún más aterradoras y, por la mañana, sin explicación alguna, se le empezó a caer el pelo.

La familia se empezó a preocupar. Tanto que pensaron en llevarlo al veterinario. Pero el padre dijo que tampoco sería para tanto y, aunque todos insistieron, se negó en rotundo.

El pobre Mr. Bigotes no sabía lo que le ocurría desde que había llegado a esa casa, pero como no quería causar molestias, buscaba pequeñas excusas.

Un día, harto de tantas cosas extrañas, se escapó de la casa en busca de su antiguo refugio. Recorrió toda la ciudad buscándolo. Cuando por fin lo encontró, estaba completamente exhausto y deseó que no hubieran adoptado a Oreo, ya que necesitaba su ayuda. Se detuvo frente a la puerta en la que colgaba un pequeño cartel que ponía "cerrado". ¡Diantres! ¡Había llegado tarde! No se iba a rendir tan fácilmente. Dio varias vueltas alrededor del edificio y reparó en que había una ventana abierta por la que podía pasar sin dificultad.

En cuanto entró, se dirigió al lugar en que se encontraba su viejo amigo Oreo. Cuando llegó junto a la jaula, saludó a Oreo pero se dio cuenta de que no podía abrirla ya que carecía de dedos. Husmeando alrededor descubrió un candado que una llave que se encontraba en el recibidor abría.

No pudo alcanzar la llave. Estaba demasiado alto para él. Entonces cogió varias sillas de la sala de espera. Empujándolas con la cabeza, logró colocarlas de tal forma que pudo coger la llave fácilmente.

Bajó y se dispuso a liberar a Oreo. Tras unos intentos fallidos y mucho esfuerzo, logró sacar al joven minino. Entonces Mr. Bigotes le contó lo ocurrido aquellos días. Oreo dedujo que lo mejor sería buscar pistas por la casa, ya que allí habían comenzado los problemas.

Mr. Bigotes le llevó hasta la casa y la familia le acogió con mucho cariño. Cuando se quedaron solos comenzaron la búsqueda. Registraron las habitaciones, la cocina, el salón... pero en todas encontraron lo mismo: nada.

Estaban perdiendo la esperanza. En ese momento, Oreo recordó que no habían mirado en el despacho del padre. Mr. Bigotes le dijo que no podían pasar. Oreo insistió y le convenció para entrar. Descubrieron que allí había millones de probetas y otros muchos aparatos científicos. Caminaban muy juntos, para protegerse si ocurría algo. Estaban tan asombrados que Oreo chocó con una de las mesas y no se percataron de que una de las probetas con un extraño líquido caía sobre sus cabezas.

Con el golpe, quedaron inconscientes. Cuando despertaron, se encontraron en el interior de una jaula, en un lugar oscuro y siniestro. De repente, una malvada risa masculina se escuchó seguida de una risa femenina igual de cruel y malvada. Un segundo después, aparecieron un hombre y una mujer vestidos de negro con una máscara cubriendo sus rostros. El hombre comenzó a hablar con voz siniestra:

—¡Ja, ja, ja! Hola, mis pequeños mininos. Habéis venido a husmear al lugar equivocado.

—Ahora serviréis para nuestros experimentos —dijo la mujer.

Y desaparecieron en la penumbra entre carcajadas.

Estaban muy asustados y preocupados, sobre todo Mr. Bigotes. ¿Qué estaría pensando su familia de su desaparición? Desconocía el tiempo que llevaban allí. Tenía una duda en la cabeza... ¿Por qué le parecían tan familiares esas voces?

Le dio la espalda a Oreo y se tumbó en el suelo. Se escuchó un ruido metálico que le sobresaltó. Al principio pensó que la pareja había regresado y se preparó para defender a su compañero. Cuando se giró vio la cara atónita de Oreo y, frente a él, un gran agujero.

Oreo le explicó que, sin saber cómo, había salido de su ojo un rayo láser verde. ¡Resulta que la pócima le había dado poderes! Entusiasmados, salieron de la jaula y, gracias a otro disparo de Oreo, consiguieron salir de aquel lugar.

Lo realmente extraño era que descubrieron que la habitación era el desván de la casa de al familia de Mr. Bigotes. Bajaron al salón y comentaron lo ocurrido. Los niños estaban allí. Se acomodaron en su regazo mientras hablaban de lo ocurrido.

De pronto, los niños cesaron las caricias. Los gatos miraron hacia arriba y vieron las caras atónitas de Daniel y Yara. Entonces, Daniel preguntó:

—¿Puedes hablar, Mr. Bigotes?

¡La pócima le había dado el poder de hablar con los humanos!

Mr. Bigotes asintió con la cabeza. Ahora que podía comunicarse con los niños, podrían contar con su ayuda.

Les relataron lo que había ocurrido y trazaron un plan: como el hombre y la mujer comprobarían que se habían escapado, muy probablemente irían a buscarlos, así que su idea era que los gatos se fueran a la cama como siempre y que Daniel y Yara se escondieran detrás de la butaca. La parte crucial de aquel plan era que ni los gatitos ni los niños se durmieran. Para eso, aunque sabían que estaban mal, Daniel y Yara tomaron una taza de café y Mr. Bigotes y Oreo unas chuches para gatos que les pusieron hiperactivos. Cenaron con apariencia de tranquilidad, pero por dentro estaban muy nerviosos. ¿Qué ocurriría si no lo lograban?

Ya por la noche, todos se acostaron. Y cuando todo estuvo despejado, los niños bajaron de sus habitaciones y se escondieron en el salón. Sobre las tres y cuarto, se empezaron a escuchar ruidos y dos extrañas sombras asomaron.

Daniel encendió su linterna y apuntó con ella en su dirección. ¡Eran la señorita Ruby y el padre de Daniel y Yara!

Se quedaron de piedra. Aprovechando la confusión, la pareja trató de escapar. Comenzó entonces una persecución por toda la casa. Los villanos trataron de salir de la casa. Nuestros héroes pensaban que sería imposible alcanzarles, pero cuando salieron al jardín comprobaron que los ladrones estaban rodeados por un montón de animales. No eran unos animales cualquiera. Se trataba de los animales de su antiguo refugio que habían venido en su ayuda.

¿Cómo habían podido enterarse de que había unos malhechores intentando secuestrar a Mr. Bigotes?

Mientras los niños llamaban a la policía, Mr. Bigotes y Oreo se enteraron de lo que había ocurrido. Clifford, uno de los perros del refugio, muy amigo de Mr. Bigotes, les contó que Ruby y el padre de Daniel y Yara eran unos científicos que realizaban experimentos ilegales con animales. Una noche escucharon a Ruby hablar con un hombre que decía que iba a adoptar a uno de los gatos para hacer pruebas científicas con él. Cuando Mr. Bigotes liberó a Oreo, ellos aprovecharon para coger la llave que habían dejado abandonada cerca de una de las jaulas y escapar.

Por suerte, habían llegado a tiempo para evitar la huida de los científicos.

Cuando llegó la policía, los pequeños les explicaron lo que había pasado y los villanos fueron arrestados.

A la mañana siguiente, al despertar y no ver a su marido (dormía con tapones para los oídos y por ello no había escuchado nada), la madre de Daniel y Yara conoció la gran aventura que habían vivido. No daba crédito a lo que oía. No podía creer que su marido fuera una persona tan oscura. Estaba muy disgustada por no haberse dado cuenta de lo que estaba pasando en su casa.

Para intentar compensar el daño que su marido había causado, decidió fundar un refugio de animales junto a sus hijos, en el que los animales se pudieran sentir seguros y amados.

Os preguntaréis si esta historia es cierta. Lo es. ¿Cómo lo sé? Porque yo soy Bigotitos y esta historia me la contó mi bisabuelo Oreo.

Una nueva familia

DANIEL ALONSO ALONSO

—Aquí tienen a Mr. Bigotes. Es muy juguetón, ya verán qué bien se lo pasan los niños con él.

Mr. Bigotes miraba con curiosidad a los niños, ansiosos por sacarlo y jugar con él. Le parecían maravillosos. Todo le parecía maravilloso en ese momento. La señorita Ruby se despidió de él dándole otra chuche.

—Te echaré mucho de menos. Vuelve a visitarnos algún día, ¿vale? —le dijo.

Mr. Bigotes no se sintió muy bien cuando el coche de los Gómez se puso en marcha. Estaba a punto de dejar atrás prácticamente toda su vida. Pero la euforia de los niños le hizo olvidar su pesar y el resto del camino hacia su nueva casa se dedicó a pasar sus pequeñas zarpas por las rendijas del transportín intentando tocarles.

—Bueno, Mr. Bigotes, ya hemos llegado. Bienvenido a tu nuevo hogar —dijo el señor Gómez.

Era una casa grande, le pareció un palacio comparado con el refugio. Tenía una gran cocina, el salón, tres dormitorios, dos baños y una escalera de caracol con una irresistible barandilla por la que empezó a subir y bajar como si fuera el tobogán de un parque. Tenía también una pequeña terraza donde se podría recostar panza arriba al sol siempre que quisiera. Pero lo que más le gustaban eran los niños. A aquellos críos se les podía notar su felicidad desde otra manzana. Empezaron a jugar juntos al pilla-pilla, a tirarle ovillos... su primer día fue demasiado bueno para ser verdad.

— ¡Qué gato más mono! ¿A qué podemos jugar ahora? —se preguntó la niña de seis años.

—Pregúntaselo, Rita —le dijo su hermano.

—¿Sabe hablar Álex? —le preguntó ansiosa Rita: la niña realmente pensaba que podía hablar.

—No tiene por qué hablar para contestarte —le contestó Álex.

—¿Ah, no? ¿Entonces cómo te responde?

— Si tantas ganas tienes de saberlo, prueba.

— A ver Mr. Bigotes ¿qué quieres que hagamos?

Mr. Bigotes entendió el mensaje y se dirigió hacia un puntero láser que había encima de la mesa del salón.

— Ya veo. ¡Pues juguemos minino! —dijo Rita.

Y así llegó la noche. Mr. Bigotes se dirigió a su cama, una pequeña

Fe de erratas / Akatsen fedea

El señor Gómez se llamaba Pablo y era veterinario. Era una gran ventaja, porque todas las visitas al veterinario eran gratis. El veterinario del refugio daba un poco de miedo y nunca le había gustado, pero cuando fue a la consulta del señor Gómez fue todo lo contrario.

Le examinó la pata de la que cojeaba, vio si tenía algún problema alimenticio... etc. y cuando acabó le dio una chuche que le supo a gloria.

"No sé por qué le tenía tanto miedo al veterinario, ¡hasta me ha sacado la cera de los oídos! Y da un gusto", se dijo Mr. Bigotes, relamiéndose la boca.

Los niños, Álex y Rita, iban al colegio Salesianos, que estaba al lado del refugio. Álex era bastante callado, pero a la vez cariñoso y gentil con la gente que le importaba. No parecía que tuviera 8 años. Por otra parte, a Rita le encantaba pintar, gritar, saltar y hacer cosas emocionantes. Pero, eso sí, si se trataba de ayudar, no había nadie mejor que ella.

Después de haber cogido confianza, Mr. Bigotes empezó a señalar anuncios del refugio, a arañar fotos de este, a maullar cuando pasaban cerca de allí. Mr. Bigotes rara vez salía de casa, prefería quedarse tumbado al sol en la terraza o jugar con algún ovillo. Eso sí, si se iban de compras, él se apuntaba. Total, que al cabo de unos días se dieron cuenta de que quería tener un compañero de piso.

—¿Otro más? No es que no me guste la idea, pero no sé si tendremos suficientes recursos para encargarnos de los dos —reprochó la señora Gómez.

—Venga mujer. Ten en cuenta que todos los cuidados sanitarios son gratis, y por un miembro más en casa no pasa nada —le respondió Pablo.

—Bueno, si a nuestro querido Bigotitos le hace feliz, que sea lo que quiera.

Cristina acabó accediendo. Y sí, ahora la señora Gómez le llamaba Bigotitos. La verdad es que, de hecho, a Mr. Bigotes le encantaba el nombre. Le parecía una muestra de cariño muy considerada.

Una semana después de acceder, Mr. Bigotes fue al refugio con Cristina. Al entrar, sonó la campana que había colgada de la puerta, aquella campana que tantas veces había sobresaltado a Mr. Bigotes y le había hecho pensar: "¿me elegirán a mí esta vez?".

— ¿En qué puedo ayu...? ¡Anda, pero si eres tú, Mr. Bigotes! ¿Qué te trae por aquí? —dijo la señorita Ruby acariciándole.

—Resulta que quiere un amiguito con quien pasar el rato —le explicó la señora Gómez.

—¿De verdad? ¿Y por quién ha venido? Seguro que querrá estar con alguien que conozca y con quien se llevara bien aquí.

—¿Y bien Bigotitos, quién es el afortunado? —le preguntó la señora Gómez.

Mr. Bigotes fue a paso ligero hacia su antiguo hogar, esperando encontrar a Oreo, pero cuando llegó a su jaula se percató de que aquel lugar estaba vacío. Mr. Bigotes le lanzó una mirada confusa a la señorita Ruby.

—Oh, con que era él... —dijo con un tono apagado la señorita Ruby.

—¿Qué ocurre, pues? —preguntó la señora Gómez.

—Pues que se lo llevó una familia hace unos días —respondió—. Qué mala pata ¿no Bigotitos? —dijo Cristina.

alfombra con dos mantas. No era muy grande, pero sí muy cómoda. Se acurrucó en ella y empezó a pensar. A pensar en su día y en lo bueno que había sido. Quería que todos los días fueran así. Pero se deprimió un poco al pensar en Oreo y en todos esos animales del refugio que estaban todavía allí, esperando a que alguien los adoptara y tener la oportunidad de vivir una vida mejor. "Pobre Oreo. Si hubiera podido traerlo conmigo...", pensó. Entonces se le ocurrió una idea fabulosa, maravillosa, estratosférica: ¿y si convencía a los Gómez de que adoptaran a Oreo también? Así vivirían juntos de por vida y serían aún más felices. Se pasó toda la noche dándole vueltas al asunto. Y al siguiente y al siguiente y al siguiente... así hasta que pasaron dos semanas. Ya se había acostumbrado a la vida en su magnífica casa con sus amables y agradables dueños. La señora Gómez se llamaba Cristina y era otorrinolaringóloga. Tenía un doctorado y le encantaban los gatos y salir de compras. De hecho, un día se llevó a Mr. Bigotes para probarle unos modelitos gatunos muy *fashion*. Al final se llevaron un mono de lentejuelas parecido al que llevaba un cantante que le gustaba. Ese día, Mr. Bigotes descubrió que le encantaba salir de compras.

El señor Gómez se llamaba Pablo y era veterinario. Era una gran ventaja, porque todas las visitas al veterinario eran gratis. El veterinario del refugio daba un poco de miedo y nunca le había gustado, pero cuando fue a la consulta del señor Gómez fue todo lo contrario.

—Resulta que quiere un amiguito con quien pasar el rato —le explicó la señora Gómez.

—¿De verdad? ¿Y por quién ha venido? Seguro que querrá estar con alguien que conozca y con quien se llevara bien aquí.

—¿Y bien Bigotitos, quién es el afortunado? —le preguntó la señora Gómez.

Mr. Bigotes fue a paso ligero hacia su antiguo hogar, esperando encontrar a Oreo, pero cuando llegó a su jaula se percató de que aquel lugar estaba vacío. Mr. Bigotes le lanzó una mirada confusa a la señorita Ruby.

— Oh, con que era él... —dijo con un tono apagado la señorita Ruby.

— ¿Qué ocurre, pues? —preguntó la señora Gómez.

— Pues que se lo llevó una familia hace unos días —respondió—. Qué mala pata ¿no Bigotitos? —dijo Cristina.

Mr. Bigotes comprendió perfectamente que Oreo ya no se encontraba en aquel lugar y que posiblemente no lo volvería a ver jamás. Se sintió abatido.

—Si hubiéramos venido antes —murmuró apenado.

—No os preocupéis, la familia que lo acogió parecía muy agradable, seguro que está muy bien atendido, allá donde esté —dijo la señorita Ruby.

—No lo dudo. Ya es una suerte siquiera que lo hayan adoptado, bueno Bigotitos, es hora de irse —dijo la señora Gómez —¡Ah!, y muchas gracias por todo.

—Gracias a ustedes —respondió al señorita Ruby, que acto seguido fue a cambiar la arena de la caja de otro felino.

Al volver a casa, Mr. Bigotes se echó panza arriba en la terraza, como usualmente hacía por las tardes. "Bueno, teniendo en cuenta lo positivo, Oreo ahora también tiene una familia y eso ya es una gran alegría para mí y sobre todo para él. No se ha tenido que pasar años en el refugio como yo. Me alegro por él", pensó.

El minino ya no podía hacer nada y lo sabía. Por lo tanto, decidió continuar con su nueva vida y dejar de pensar en Oreo. Total, ni que lo hubieran adoptado para experimentos raros ni ese tipo de cosas. Pero la situación dio un vuelco cuando la familia se enteró de que los vecinos de al lado, los Ramírez, habían adoptado un gato hacía poco. Mr. Bigotes estaba ansioso por ver cómo era su nuevo vecino gatuno. Los Ramírez invitaron a los Gómez a comer a su casa y cuál fue la sorpresa de Mr. Bigotes al comprobar que el gato que habían adoptado era nada más y nada menos que Oreo.

— ¡Oreo! ¿De verdad eres tú? —exclamó sorprendido Mr. Bigotes.

—¿Mr. Bigotes? ¿Tú vives con los vecinos?

— ¡Sí! Menuda casualidad. El otro día fuimos al refugio con intención de llevarte con nosotros pero no te encontramos.

—¿De veras? Pues aquí estoy de maravilla.

Y así no dejó de fortalecerse un vínculo muy profundo entre dos gatos que vivirían grandes momentos juntos en el futuro. Y de hecho, lo de Oreo no había sido casualidad. Resultaba que hacía una semana, Álex y Rita habían ido a pasar la tarde con los hijos de los Ramírez y les habían comentado lo bien que se lo pasaban a diario con Mr. Bigotes. Eso hizo que decidieran adoptar un gato también y el que más les gustó fue Oreo.

Así llega a su fin la historia de un gato, cuyo nombre, Mr. Bigotes, resonará en el refugio de animales de la ciudad de Carvañejos durante mucho tiempo.

Una nueva familia

IZARO IZAOLA ARAGÓN

Mr. Bigotes estaba muy emocionado de conocer a su nueva familia. El señor Gómez y la señora Gómez eran muy amables y se preocupaban mucho por él, pero casi no pasaban tiempo con el pobre minino, pareciera que solo el niño y la niña querían pasar tiempo con él. Aun así, a pesar de las inmensas ganas que estos tenían para pasarlo con Mr. Bigotes, no era suficiente, pues ellos se tenían que ir al colegio y solo las ganas de sus dueños más jóvenes acompañaban al gato entre semana. Los fines de semana eran divertidos, los niños trataban de pasar tiempo con él, le ponían la luz de una linterna para que Mr. Bigotes la siguiera, le pusieron un columpio para él y le hacían muchas caricias, pero al final se aburrían un poco de nuestro gato. Los días pasaban, después las semanas, y Mr. Bigotes se empezó a dar cuenta de que una vez pasada la emoción de una nueva familia, se sentía un poco solo, echaba en falta a Oreo, su gran compañero de jaula. Mr. Bigotes empezó a verse un poco más decaído, ya no perseguía la luz de la linterna cuando los niños se la ponían, ya no se montaba en su columpio, solo se tumbaba y casi no reaccionaba a las caricias. Los niños, preocupados, les dijeron a sus padres, el señor y la señora Gómez, que Mr. Bigotes ya no se comportaba igual, que estaba de bajón.

—Mamáááá, Mr. Bigotes ya no juega con nosotros, ya no sigue la luz —dijo una.

—Es verdad, tampoco reacciona a las caricias que le hacemos —añadió el otro.

—Está bien chicos, seguro que no es nada —les respondió ella.

Algo más tarde, una vez que los niños estaban en la cama los padres comentaron este asunto.

—Nuestros hijos no se equivocan —dijo la señora Gómez—. Mr. Bigotes no está igual, ya ni siquiera se termina sus comidas.

—Es preocupante verle en este estado: mañana lo llevaré al veterinario.

Y así, el señor Gómez y la señora Gómez fueron a la cama sabiendo que al siguiente día irían a ver si algo malo le pasaba a su preciada mascota.

Después de haberles dado el desayuno a su hijo e hija y haberlos dejado en coche en el colegio, llevó a Mr. Bigotes al veterinario.

—Buenos días —saludó el señor Gómez al veterinario.

—Buenos días, ¿qué le trae por aquí? —le preguntó este.

—Nuestro gato, Mr. Bigotes, lleva un par de semanas un poco decaído, no quiere jugar y tampoco hace ya mucho caso a las caricias de los niños. Nos preocupaba que algo le esté afectando y que por eso no sea tan enérgico como lo era antes —le explicó.

—Bien, inspeccionaré en general cómo está el gato y en base a eso le proporcionaré las medidas que debe tomar.

—Está bien —accedió el señor Gómez—. Esperaré en la sala de estar.

Así, Mr. Bigotes pasó de los brazos de su dueño a los del médico que lo revisaría.

El veterinario le miró las orejas con una linterna, escuchó los latidos de su corazón y le hizo alguna otra prueba de las que Mr. Bigotes no tenía idea de para qué eran.

El veterinario salió a la sala de espera.

—Señor Gómez, pase por favor —lo llamó y ambos entraron en la habitación en la que se encontraba nuestro gato—. Aparentemente todo está bien, el gato está totalmente sano y no le pasa nada. Esto en cuanto a lo físico —le explicó al dueño—. Eso sí, puede ser que lo que le esté afectando esté relacionado con sus sentimientos. ¿Han pasado poco tiempo con él? —preguntó.

—Bueno, es verdad que al trabajar tanto mi mujer como yo no podemos estar tan al tanto de Mr. Bigotes, y nuestros hijos tampoco, pues tienen que asistir al colegio —respondió el señor Gómez.

—Tal vez sea que Mr. Bigotes se siente solo. Lo adoptasteis en un centro de adopción, ¿no?

—Sí, ahí tenía varios compañeros.

—Probablemente se sienta solo, pues ha pasado de estar acompañado en todo momento a pasar la mayoría del tiempo solo —razonó el veterinario.

—Y pensar que estaba muy ilusionado por tener una familia —comentó el dueño de Mr. Bigotes.

—Pero esa fue su reacción inicial, quizá esperaba que pasarais más tiempo con él —explicó el médico de animales—. Podríais conseguirle un compañero, con el que ya tenía relación, así se sentiría cómodo y acompañado.

Mr. Bigotes al escuchar esto pensó en Oreo, en que sí que le echaba en falta. Por ello, el gato asintió y su dueño lo vio, pero todavía tenía sus dudas.

—No es mala idea, pero ¿dos gatos no será mucho? —preguntó el dueño de la mascota.

—Puede parecer mucho, pero los gatos saben cuidar de sí mismos, lo único que tendríais que hacer sería alimentar a uno más e intentar dar mimos a ambos —le dijo el veterinario.

—Está bien, lo hablaré con mi mujer y con mis hijos —finalizó la conversación el señor Gómez—. Muchas gracias.

—No hay de qué, si le surge alguna otra duda, no dude en venir.

Mr. Bigotes y el señor Gómez se dirigieron a casa de nuevo. Una vez allí, el hombre llamó a su mujer.

—Cielo, el veterinario ha dicho que está perfectamente, que puede ser porque se siente solo —le explicó resumidamente a su esposa.

—¿Pero no somos nosotros suficiente compañía? —le preguntó ésta.

—Sí, pero casi no estamos con él, así que se sigue sintiendo solo. Piensa que nosotros trabajamos gran parte del día y en el poco tiempo que nos queda, estamos ocupados con alguna otra cosa.

—¿Y los niños?

—Ellos también tienen que ir a clase y si a eso le añades las actividades extraescolares y los entrenamientos casi no están en casa.

—Tienes razón, pero adoptar otra mascota me parece demasiado —dijo la señora Gómez no muy convencida.

—Depende: nuestra casa no es muy grande, pero Mr. Bigotes necesita compañía, tal vez podamos adoptar el compañero de jaula que tenía en el centro.

—Bueno, otro gato más sí que podemos acoger, si fuera muy grande sería un problema, pero no creo —dijo la dueña del gato ya más convencida.

—Bien, podemos ir mañana los dos a adoptar el otro gato.

—Sí. ¡Además sorprenderemos a los niños! —Ya estaba decidido: adoptarían otro gato.

Mr. Bigotes ya se estaba alegrando, ¡volvería a ver a Oreo y encima estarían en la misma familia! ¡No podía haber una noticia mejor!

Al siguiente día, el señor y la señora Gómez dejaron a los niños en el colegio y fueron con Mr. Bigotes al centro de adopción.

—Buenos días, ¡qué alegría verlos de nuevo! —los saludó la señorita Ruby—. ¿Han decidido adoptar a otro minino?

—A pesar de haber pasado todo el tiempo que podíamos con Mr. Bigotes se ha sentido solo —explicó el señor Gómez.

—Es por eso por lo que nos gustaría adoptar también al gato que era compañero de Mr. Bigotes, así se harían compañía y este gato tendría una familia que lo querría mucho —continuó su mujer.

—Su amigo se llama Oreo, y es más joven que Mr. Bigotes —les respondió al señorita Ruby—. ¡Seguro que ambos se ponen muy contentos de volver a verse! Y ¡más cuando sepan que volverán a vivir juntos! Seguidme por aquí.

El señor y la señora Gómez siguieron a la dueña del centro de adopción hasta una jaula. La señorita Ruby abrió la jaula y salió un cachorro de pelo negro con un ojo verde y otro azul. Miró a la pareja y parecía alegre.

Entonces, los dueños de Mr. Bigotes abrieron la jaula de éste y el gato salió corriendo al encuentro de su amigo.

—¡Oreo, Oreo! —lo saludó Mr. Bigotes—. ¡Cuánto me alegro de verte!

—¡Mr. Bigotes! ¡Qué bien te veo! —le dijo—. ¿Qué está pasando? ¿Por qué habéis venido aquí?

—Mi familia no puede pasar mucho tiempo conmigo por el trabajo o la escuela y me he estado sintiendo un poco solo... —empezó a explicar al que había sido su compañero de jaula—. Por eso han decidido adoptar otro gato, para que no me sienta tan solo.

—¿Sí? —preguntó Oreo entusiasmado, tal vez él podría ser aquel minino que querían adoptar.

—Sí, y por lo que he escuchado, es muy probable que ese gatito que quieren adoptar seas tú —dijo Mr. Bigotes con un ronroneo.

—Decidido, adoptamos este cachorro —le notificó la señora Gómez a la señorita Ruby—. Perfecto.

Así, con un nuevo compañero fueron todos a casa. Después de dejar a los gatos en casa, cada uno se fue a su respectivo trabajo. Mr. Bigotes y Oreo salieron a explorar, ilusionados con estar juntos y tener una familia. Abrieron una ventana y saltaron, no había tiempo que perder, tenían que ir a la aventura. ¡Mr. Bigotes notó que su espíritu travieso había vuelto! Caminaron por la acera, dándose pequeños empujones y picándose un poco hasta que se encontraron con un perro asustado. El perro huía de unas ratas que le estaban mordiendo la cola. Mr. Bigotes y Oreo se miraron y decidieron que no podían quedarse mirando.

—Oreo, ¿ves eso? ¡Tenemos que hacer algo! —dijo Mr. Bigotes.

—Sí. ¡Qué malas están siendo esas ratas! —le respondió su querido amigo.

Pusieron sus caras más feroces y empezaron a maullar para asustar a las ratas. Estas, al ver a los gatos huyeron con la cola entre las piernas.

—Muchas gracias, chicos, no sabía cómo hacer para que se fueran —les agradeció el perro—. Me llamo Lur, ¿y vosotros?

—Nosotros somos Oreo y Mr. Bigotes, somos bastante nuevos en este vecindario, ¿quieres ser nuestro amigo? —le respondió Mr. Bigotes.

—¡Por supuesto! ¡Me encantaría!

Los tres juntos retomaron el camino que los dos gatos habían estado recorriendo antes de encontrarse con Lur. Pero, una vez más, decidieron parar, pues unos malos gatos callejeros estaban arrinconando a un ratoncito gris.

—Lur, ¿puedes ladrar para ahuyentar a esos gatos? —le preguntó Oreo a su nuevo amigo. Este accedió y ladró fuertemente, los gatos se asustaron y salieron corriendo.

—Mil gracias, hacía un tiempo que esos gatos me acosaban, no sabéis cuánto os lo agradezco —les dijo a los tres animales—. Por cierto, me llamo Sagu, ¿vosotros?

—Él es Lur, este es Mr. Bigotes y yo soy Oreo. ¿Te unes a nuestro grupito?

Los cuatro pasaron un buen rato, pero al final tuvieron que separarse, pues cada uno tenía que volver a su casa. Sin embargo, quedaron para verse al siguiente día. Los dos gatos esperaron en casa a la llegada de su familia. Cuando estos llegaron, les dieron muchos mimos a los mininos.

Mr. Bigotes no se lo podía creer. Tenía una familia que lo quería y no pasaría tiempo solo pues tenía un grupo de amigos que también lo apreciaban.

No podía ser más feliz.

www.bizkaia.eus/argitalpenak

Antolatzailea: Euskara, Kultura eta Kirol Saila

Irudiak: Iker Orueta
Diseinua: Álex Oviedo

Lehenengo edizioa: 2024ko ekaina

LG BI 754-2024

ISBN 978-84-7752-230-0

www.bizkaia.eus/argitalpenak

X. Bizkaldatz Txikia

HAUR ETA GAZTEEN LITERATURA SARIA

2023-2024

Idoia Carramiñana

Zer erremedio!

Irudiak: Iker Orueta

Bizkaia
foru aldundia
diputación foral

X. BIZKAIDATZ TXIKIA 2023-2024
Haur eta Gazteen Literatura Saria

———

Hamargarren BizkaIdatz Txikia Sarian, euzkarazko kontakizunen modalitatean, Idoia Carramiñana Mirandak, Idoia Barrondo Etxebestek eta Juan Ramón Madariaga Abaituak osatutako epaimahaiak, Idoia Carramiñana Mirandak idatzitako "ZER ERREMEDIO!" izeneko kontakizunaren jarraipena diren lan hau saritzea erabaki du:

-HAUR kategoria,

Lehen Hezkuntzako 3. eta 4. ikasturteetako ikasleak (I. taldea):

ÑIRE TELLERÍA SANTOS,

"ZER ERREMEDIO!" izeneko kontakizunarekin.

Ikastetxe: Ispasterko eskola (Ispaster). DLHko 3. maila.

-HAUR kategoria,

Lehen Hezkuntzako 5. eta 6. ikasturteetako ikasleak (II. taldea):

JONE ERDOZAIN LÓPEZ,

"ZER ERREMEDIO! – Mitologia da gomendio!"

izeneko kontakizunarekin.

Ikastetxe: CEIP Maestro Zubeldia HLHI (Portugalete). DLHko 6. maila.

-GAZTE kategoria,

Bigarren Hezkuntzako 1. eta 2. ikasturteetako ikasleak (III. taldea):

MARKEL GÓMEZ ÁLVAREZ,

"ZER ERREMEDIO!" izeneko kontakizunarekin.

Ikastetxe: IES San Inazio BHI (Bilbo). DBHko 2. maila.

-GAZTE kategoria,

Bigarren Hezkuntzako 3. eta 4. ikasturteetako ikasleak (IV. taldea):

NAIARA MACHO GÁZQUEZ,

"ZER ERREMEDIO!" izeneko kontakizunarekin.

Ikastetxe: Begoñazpi Ikastola (Bilbo). DBHko 3. maila.

Idoia Carramiñana

Zer erremedio!

Irudiak: Iker Orueta

—Eta ez da beste txantxa bat izango? Beti ari dira ziria sartzen!

—Oraingoan ez —erantzun zuen temati—, arduratu nauen zerbait ikusi dut Kattaren begiradan.

—Baina…

—Mesedez, egin dezagun lo. Leher eginda nago gaur —eta hitza ahoan utzita argia amatatu zuen.

Isiltasun deserosoa sortu zen orduan, eta horrela, azken esaldi kezkagarri harekin buruan dantzan, lo egiten saiatu nintzen. Baina, aspaldi sumatzen ez nuen sentsazio batek zeharkatu ninduen, bularreko ume makalena, eta iluntasunean bakarrik ezkutatzen

omen diren mehatxuak sentitzen hasi nintzen: hontz erraldoi bat apalategitik begira, armairuan zain zeuden otso-letagin zorrotzak, edo ustekabean orkatilak, izaren babesetik kanpo ahaztuta, laztantzen dizkizuten esku hezurtsuak. Hainbeste edari energetiko nire zainetatik korrika, begirik ezin itxi nengoen, eta gainera maskuria lehertzeko zorian. A ze estutasuna!

Uste dut gau hartan ordu gehiago eman nuela esna lo baino. Hurrengo egunean, berriz, beranduago arte gelditu nintzen ohean, eta jaikitzean ikusi nuen Martinek alde egin zuela. Komunetik pasatu nintzen sukaldeko eskailerak jaitsi aurretik, eta, begiak makarrez beteta eduki arren, han antzeman nituen: "Horiek bai festarako begi-zulo ederrak!", neure buruari esan nion ispiluari begira. Aurpegia garbitu eta, beste barik, betiko ibilbideari ekin nion. Sukaldean sartu eta hor zegoen, ohi bezala, telebistaren aurrean zereal-bola hartuta, Doraemon ikusten. Valentzieraz bazegoen ere, nahiko ondo ulertzen nuen, eta xelebrea zen niretzat bikoizketa desberdinarekin entzutea. Beraz, baso bat ur eskuetan bere ondoan eseri nintzen.

—Zera… Azalduko didazu zer gertatu zen atzo, bada?
—Grfssñam zanpglup…
—Martin! Ez zaitez izan nazkagarria, motel!
—Neska, gosaltzen ari naiz ggfrfrfrhsj…

Lo asko ez egitearen ondorioz, ez nuen bururik Martinen zurrutadak eta urrungak deszifratzeko. Beti gauza bera egiten zuen, hitz egiten hasi ahoan zuena murtxikatzen amaitu gabe.

Ni oso txikia nintzela banandu ziren gurasoak. Ez dut ezta gogoratzen ere. Normalean amarekin bizi naiz Bilbotik oso gertu dagoen herrixka batean. Udak, ordea, Valentzian igarotzen ditut, aita bertan bizi baita emazte berriarekin eta elkarrekin izan zuten semearekin, Martin. Beraz, bai, Martin nire nebaordea da. Ni baino bi urte gazteagoa da, eta ez du ezertan nire antza, baina, tarteka bada ere, ondo moldatzen gara elkarrekin. Bihurri samarra da bera eta ni pitin bat beldurti. Martinek esango luke kakati hutsa naizela, baina bera ondoan izanda eta, halabeharrez, kemendu egiten naiz.

—Jainko maitea! A ze begi-zulo dotoreak!

—Hori bai dela animatzea, xiquet! —halako txorakeriak ez nizkion kontuan hartzen. Hala eta guztiz ere, ume mukitsu lotsagabe hori estimatzen nuen, barru-barruan bazen ere.

—Martin, nik ere ikusi nion aurpegia Kattari… —jarraitu nuen esaten.

—Erabat itxuragabeturik, baietz?

—Bai, baina uste nuen bere antzerki-dohainak erabiltzen ariko zela. Badakizu, aktore bikaintzat jotzen du bere burua.

—Bai eta atzokoa bere antzezpenik onena izan zela uste dut.

—Onegia, ez? Edo, uste al duzu…

—Zer?

—Ezer ez. Sineskeriak baino ez dira.

Ia erreakzionatzeko astirik izan gabe, Martinek gainera bota eta ahoa estali zidan eskuarekin.

—Babo horrek! —lortu nuen garrasi egitea azukre-zatiz zikinduriko bere hatzen artean —ikaratu egin nauzu!

—Barkatu, baina ez aipatu berriro hori.

—Zein?

—Ez dut esango ba!

—Ados. Ez dakit ziur zer, baina ez dut errepikatuko.

Urduri samar jartzen hasi nintzen; izan ere, nik ez dut magian sinisten, edo ez dut sinistu nahi behintzat. Baina Martin eta haren ama beti ari dira hitz egiten energiaz, espirituez, arimei trabarik egin behar ez zaiela, eta blablabla amaigabe bat. Egun batean, zehazki zazpi aldiz jarraian dominitsiku egin nuenean, horrek familiari zoritxarra ekarriko zion atari bat ireki zezakeela esan zuen. Egia esan, aitak eskaileretan estropezu egin eta bihurdura bat izan zuen belaunean. Kasualitatea? Batek daki, baina berak nire aura garbitzea

erabaki zuen intsentsu-makilatxo batzuk erretzen eta haien kea nire inguruan zabaltzen. Ezin ezetz esan eta, tira.

—Ea, Martin, serio hitz egingo dugu?

—Neska, niretzat hauek kontu serioak dira.

—Bai, ulertzen dut —ulerbera-irudia egiten saiatu nintzen—. Orduan, esango didazu behingoz zer izan zen atzoko hori guztia?

Nik ere banuen eremuan kontatzen zen elezaharraren berri, hondartzan bizi den ustezko deabru baten inguruan, baina haurrak beldurtzeko ipuina zelakoan nengoen. Hala ere, ez nion garrantzi gehiagorik eman nahi. Gau hartan, udan bakarrik eta hondartzan antolatzen den musika-dantzaldi izugarria ospatzen zen. Eta, are gehiago, aitak itzulera-ordurik gabe irtetzeko baimena emango zigun gau bakarra izango zen. Ez genuen aukera hori alferrik galtzerik!

—Ezin duzu ulertu. Ikasturte osoa daramagu mitologiarekin gora eta behera, baina Kattak eta besteek uste dute brometan aritzeko zerbait dela. Halere, nik dakit kontuz ibil behar dugula.

—Bo, jakin jakin, Martin… Fededuna zara arlo horretan. Besteak, berriz, ez.

—Horretan datza arazoa, hain zuzen.

Oraindik gosaria bukatu barik, Martin aulkitik jaiki eta egongelako apalategirantz abiatu zen. Hantxe, liburu pila baten artean, hatzarekin bat seinalatu eta oso leunki, apaingarri hauskor bat balitz bezala, atera zuen. "Espanta la por" idatzita zegoen azalean.

—Esan nahi du "Beldurra izutu". Hemen azaltzen dira hamaika mito eta sinesmen. Baita Euskal Herrikoak ere.

—Benetan? —burua biratu nuen hobeto ikusteko zer liburu zen hori.

—Ez hori bakarrik. Hemen ere maldizioak desagerrarazteko eta horiei aurre egiteko erremedioak esplikatzen dira.

Hori azaltzen ari zela, bazirudien ahotsa eten egingo zitzaiola une batetik bestera. Ez nekien ondo zer pentsatu ezta zer erantzun ere. Esaldi lasaigarriren bat bota nahi nion, amak askotan esaten dizkidan bezalakoak. Eta haren bila hasi nintzen nire garuneko txoko guztietan barrena. Tik-tak, tik-tak. Baina ezer ez zitzaidan otutzen. Ni ere beldurtzen hasi ote nintzen?

—E… Ba… Hondartzarajoangogara? Eguraldiederradagokanpoan —totelka eta oso azkar hasi nintzen hizketan, hortik atera nahian. Baina orain, benetan, berdin zitzaidan aurreko gauean gertatutakoa. Hura ahaztu eta Martin bere onera etortzea nahi nuen, eta, baita ere, zain genuen gau luzean pentsatzea. Supituan

Martinek bere jarrera erabat larriagotu zuen. Begiak altxatu eta gakorik asmatu izan balu bezala, hitz egiten hasi zitzaidan, baina oso tonu dentso eta aztoragarrian.

—Kattak ez du jeinu gaiztoan sinisten, eta hori izan da akatsa. Atzo, hondartzako arrailduratik sartuko zela erabaki zuenean, ni saiatu nintzen ohartarazten, baina, nola ez, ez zidan kasurik egin.

Hau bai *too much* niretzat! Atzotik kontatzeko eskatzen nion hori baina dagoeneko entzun nahi ez nuena azaltzen hasia zen Martin, eta jada, ez zegoen atzera-bueltarik.

—Begira, hemen azaltzen da: badirudi beldur diren haurrek ez dutela inoiz ikusiko haitzulo horretan bizi den bidutzia. Baina ez du balio harengan ez sinesteak; izan ere, harengan sinesten ez dutenak munstroak berak bahitu egingo ditu.

—E…eta orduan? —lortu nuen esatea flipa-flipa eginda.

—Ba, gaur goizean esnatzean mezu bat utzi diot Kattari eta oraindik ez du irakurri.

—Tira, agian lo dago oraindik —bera ez ezik, nire burua ere lasaitu nahian erantzun nion.

—Eta bere surf eskola galdu?

—Egia, ez dut uste… Deituko al diogu batera?

—Ez, ez ibili arinegi —azkar-azkar eta zakarki esan zuen,

telefonoa hartzera mugitu baino lehen—, itxarongo dugu festara arte.

Festara arte? Festara arte? Hau bai aztikeria! Nola itxarongo genuen egun osoa jakiteko Katta ondo zegoen ala ez?

—Horixe bakarrik behar genuen! —baina Martinek ez zidan erantzunik eman. Bat-batean urduri zirudien mugikorrari begira.

Eta momentu batez iruditu zitzaidan ez ote ari zen Martin esajeratzen ni beldurtzeko asmoz. Zerbaitek egin zidan klik buruan: Kattaren antzerkitxoa, Martinen jarrera iheskorra, horrenbesteko isiltasuna. Eta, Kattarekin adiskidetuta bazegoen? Eta, dena neskato baldar eta izutiaz, hau da, nitaz barre egiteko konplota bazen? Martin hitz egiten hasi zen berriro, eta nik ezin nuen begi onez ikusi. Baina haren etxean nengoen, haren herrian. Hori Martinen eremua zen eta ni, berriz, kanpotarra. Akaso sinestea ez zen egin nezakeen gauza bakarra? Eszeptizismoa gorabehera, eta zer aurpegi jarri jakin gabe, galdetu nion:

—Eta horretarako erremediorik ez dager zure liburu horretan?

Haur kategoria,
Lehen Hezkuntzako
3. eta 4. ikasturteetako ikasleak (I. taldea)

Zer erremedio!

ÑIRE TELLERIA SANTOS

Martinek bere liburuan begiratzen du ea nola atera ahal duen Katta kobazulo horretatik. Liburuan idatzita dago enkantu bat egin behar zaiola munstroari, Katta libre uzteko. Etxera joan gara gauzak hartzera: linternak, makilak eta beste gauza batzuk. Joan ginen kobazulora eta ikusi zuen gauza pilo bat. Azkenean Katta entzun genuen zarataka.

—A,a,a,a. Lagundu mesedez!!, esan zuen Kattak.

—Nor zara zu ?, erantzuten du Martinek.

—Ni, Kata naiz. Lagundu, mesedez.

—Banoa, banoa!!

Martin eta biok topo egin genuen munstruarekin

—Lagun lagundu, esaten du Martinek, munstruoak harrapatu nau.

—Lotuta nago, giltza aurkitu beharko duzue ni askatzeko —esaten du Kattak.

—Saiatuko naiz giltza aurkitzen —esaten dut nik.

Giltza aurkitu eta Katta askatu ahal izan dut, Martinen bila goaz baina beldur gara. Azkenean Martinek ere lortu du eskapatzea. Korrika joan gara kanpora baina konturatu gara Martin falta dela.

—Martin, Martin!!

—Hemen nago!

—Irten kobazulotik!!

Azkenean hirurok elkartu gara.

—Martin non egon zara?

—Galdu egin naiz.

—Goaz etxera eta bertan lasai lasai pentsatzen dugu hirurok zer egin munstro horrekin.

Hirurok etxerako bidean ixil ixilik joan gara, nik uste dut Martin beldurtuta zegoela, esan bai sinesten duela pizti horietan baina ez dut uste hori horrela denik eta ikusi duenean berari gelditu zaion aurpegi beldurgarria, jajaja. Etxera heldu gara eta Martinek esaten du:

—Zergaitik ez du funtzionatu enkantuak?

Kattak esan zuen uste duela gaizki irten zaigula, beste gauza bat pentsatu behar dugu.

—Badakit —esaten du Martinek.

—Aber esan guri!

—Beste enkantu bat egin behar dugu.

—Oso ondo iruditzen zait baina berriro gaizki irtetzen badu? —Kattak erantzuten du.

—Oraingoan ez dut uste gaizki irtengo denik, ondo prestatuko dugu dena.

—Ezin diogu utzi munstroari gu harrapatzen.

Oraingoan guztia oso ondo antolatuta abiatu gara kobazulora, hirurok oso beldurtuta baina indartsu goaz guzti hau bukatzeko asmoz. Kobazuloko sarreran gaude, heldu da momentua munstro hori desegiteko.

Pentsatu dugun moduan, ni neu joango naiz, munstroarengana bera entretenitzera, eta momentu horretan, Martin eta Kattak, enkantua egingo dute bere bizkar atzean. Oso ixilik ibili behar dira ze bestela...

—MO MO MO. UUUUU!...

Joan dadila tipi tapa munstroa gure mundutik!! Momentu horretan haize haundia sortu zen kobazulo barruan.

—Kolpe gogor lagunak, gure konjurua aurrera doa.

—A, A, A, A, A Beldur naiz!!! —dio Martinek.

—Laister bukatuko da, eutsi gogor.

Haize bolada pasatu eta hirurok dardar besarkatu gara. Pozez saltoka hasi gara. Kanpora irten eta kobazulo horretara gehiago ez garela joango esan du Martinek. Derrepentean Martin niri oihuka hasi da

—ESNATU ESNATU! OSO BERANDU DA!

—MARTIN!! Azkenean dena bukatu da ikaragarria izan da kobazuloan pasatu dena.

—Zertan zabiltza ze pasatu da kobazuloan? —esaten du Martinek.

—Martin dana jakin behar duzu nirekin egon zara kobazuloan.

—Zer?

—BAI MARTIN! NIREKIN EGON ZARA.

—AMETS GAIZTO BAT IZAN DA.

—ZER?

—BAI.

—ORDUAN DANA KONTATUKO DIZUT...!

—Zelako polita, goazen Kattari kontatzera —esaten du Martinek.

—Bale, nik uste dut oso polita irudituko zaiola.

—Katta!! —esan du Martinek.

—Zer? —esan du Kattak.

—Amets bat egin dut: kontatuko dizut.

—Bale oso ongi. Zurekin eta Martinekin amestu dut.

Azkenean gosari eder bateaz amaitu zuten amets gaiztoa izango balitz bezala eta barrez lehertzen.

Haur kategoria,
Lehen Hezkuntzako
5. eta 6. ikasturteetako ikasleak (II. taldea)

Zer erremedio!
Mitologia da gomendio!

JONE ERDOZAIN LÓPEZ

—Ez dakit, jakiteko, liburua berrirakurri beharko nuke —erantzun zidan Martinek.

—Ados, ni bitartean paseo bat ematera joango naiz, burua garbitzera eta horrela ere zuri denbora uzten dizut liburua berriro irakurtzeko.

Orduan arropaz aldatu, zapatak jarri eta etxetik atera nintzen. Etxetik atera nintzenean mundua, hiria, herria desberdina ikusten nuen eta ere desberdin sentitzen nintzen ni. Betiko ibilbidea egiten ari nintzen: etxetik atera eta hondartzara arte eramaten zuen bidetik nindoan.

"Ez dakit zergaitik arraro sentitzen naizen eta ez hori bakarrik, hiria

desberdin ikusten dut: politagoa, zuhaitzak kolore desberdinetakoak eta beste energia bat inoiz sentitu ez dudana" —esan nion nire buruari.

Hondartzara ailegatu nintzen eta, han ere, gauzak arraroagoak ikusten nituen, gainera ez nekien zer zen sentitzen nuena: beldurra, poza, tristura... Itsasoa aztoratuta zegoen, olatuak ohi baino handiagoak ziren; harea ere mugitzen ari zen zoruan irudiak eginez. Nire lehenengo pentsamendua haizea zegoela izan zen baina aurrerago, harriak mugitzen ikusi nituen eta noski airea ezin zen izan, aireak harriak ez dituelako mugitzen. Orduan paseoa ematen jarraitu nuen eta itsasoan sirena bat ikusi nuen. Sinestezina zen. Sirena, ile gorri-gorria zeukan eta buztan urdin iluna, ura bezalakoa. Ederra zen! Momentu horretan etxera beldurtuta korrika bueltatu nintzen.

Etxera ailegatu nintzenean...

—Martin! Etorri, zerbait harrigarria kontatu behar dizut.

—Banoaaa! —erantzun zidan Martinek. —Zer esan behar didazu? Espero dut garrantzitsua izatea, oraindik liburua irakurtzen ez dut bukatu eta.

—Bai bai, adi egon, mesedez. Badakizunez paseo bat ematera joan naiz, baina ez da izan bat ere normala. Lehenengoz, etxetik atera eta guztia arraroa ikusi dut, hondartzara ailegatu eta itsasoa aztoratuta zegoen. Gero, area eta harriak seinaleak egiten zizkidaten eta orain harrigarriena: sirena bat ikusi dut! Ez dakit egia den, lehen hitz egin dugun guztiarekin...

—Nik esango dizut: baiii!!! Egia da Leize, dohain berezi bat daukazu, benetan esaten dizut. Inork ez du horrelakorik ikusi gaitasun bat baldin eta ez badu.

—Baina ez dakit Martin, inork ez nau sinetsiko eta ume txiki baten moduan geratuko naiz, sirena bat ikusi dudala esateagatik.

—Ezetz Leize! Nik sinesten zaitut! Eta gainera Katta desagertu bada. Deabruaren kontua izango da? Eta bahitu badu eta horregatik ez du mezua erantzuten? Horrela balitz eta orain zu sirena ikusita, biak neskak zarete eta adin berdina duzuenez...

—Eta horrek zer esan nahi du? Agian nire irudimena besterik ez da izan eta Katta beranduago erantzungo dizu ziur —erantzun nion.

—Ezetz! Esan nahi dudana da agian guzti hau egia dela eta zure adineko neska guztiek gaitasun hori duzuela.

Hitz egiten jarraitu genuen eta hasiera batean ez nengoen ados Martinek esandakoarekin. Baina, azkenean, Martinek konbentzitu ninduen. Pentsatu genuen, agian, amuletoren bat eraman behar genuela festara seguru egoteko. Liburuan begiratu genuen eta 142. orrialdean hau aurkitu genuen: Malakita harria, gatz zaku txiki bat, txantxangorri baten bi luma eta eguzkilore bat (zorionez nire amak Valentziara joan baino lehen zilarrezko lepoko bat oparitu zidan, eguzkilore batekin).

Festara joateko ordua zen, Martin eta biok irrikitan geunden Katta zelan zegoen jakiteko eta prestatzen hasi ginen.

—Martin, aurkitu dituzu behar ditugun gauzak?

—Bai Leize, Malakitak zein txantxangorriaren lumak nire amak zeuzkan bere bulegoan.

—Ados, orduan prest gaude, ezta?

—Bai, goazen —erantzun zidan Martinek.

Malakitak eta lumak soka txiki batzuetan sartu genituen, eskumuturretan lotu, nire amak oparitutako lepokoa jarri nuen eta etxetik atera ginen. Festara ailegatu ginenean, jendez beteta zegoen eta Katta bilatzen hasi ginen.

Denbora tarte bat pasatu genuen Kata bilatzen baina ez genuen aurkitu eta asko arduratzen hasi ginen. Azkenean, Katta telefonoz deitzen saiatu ginen, baina ez zuen hartzen. Ez zegoen modurik Kattarekin komunikatzeko eta jada ez genekien zer egin. Nire lepokoa begiratu nuen zerbait arraroa sentitzen nuelako; Malakita harriak disdira handia egiten zuen.

—Martin ikusten duzu hori? —galdetu nion.

—Zer? Ez dut ezer ez ikusten.

—Nire lepokoan esaten dut Martin, ez duzu disdira handi bat ikusten?

—Egia esanda ez, baina agian zure dohainarekin erlazioa dauka.

—Ba, ez dakit...

Martinek ez zekien zer zen nik ikusten nuena eta galderak egiten hasi zen. Zerbait arraroa gertatzen zitzaidan nahiz eta Martin konturatu ez. Orduan hau esan nion:

—Martin, ez naiz oso ondo sentitzen. Zerbait arraroa ikusten ari naiz.

—Leize! Barkatu, ez naiz konturatu. Eta zer ikusten duzu? Itxaron! Eseri harri honetan, hobeto egongo zara eta.

—Ba, egia esan, ez dakit zer ikusten dudan Martin. Baso bat bezalakoa da: oso berdea, euritan dabil... Ez dakit zer den!

—Mugitu zaitezke? —galdetu zidan Martinek.

—Baietz uste dut, frogatuko dut.

Altxatzen saiatu nintzen, baina ez zen ezer aldatu. Ez nekien zergatik hori ikusten nuen eta zein paisaia zen. Valentzian baso berderik bazegoen galdetu nion Martini eta ezetz esan zidan. Orduan, Iratiko basoa burura etorri zitzaidan.

—Martin! Badakit ze baso den, Iratiko basoa da!

—Eta nola jakin duzu?

—Ba, egia esan, ez dakit. Uste dut sentitu dudan zirrararekin erlaziona-tuta dagoela eta gero basoa berriro ikusi eta burura etorri zait. Espero dut Iratiko basoa izatea.

—Badakit! —esan zuen Martin—. Agian, Kattak ikusten duena zure begietan ere irudikatzen da.

—Ez dut uste Martin, erokeria bat da.

—Ezetz! Egia da pixkat arraroa dela, baina nik uste dut arrazoi dudala.

Minutu batzuk pasata pentsatzen, ahots arin bat entzun nuen, hau esa-nez: "Leize, Katta naiz. Lagundu behar nauzue! Portale bat pasatu dut hondartzaren arrailutik. Izaki handi batekin nago, ile pilo dauka eta oso handia eta altua da. Entzun diot esaten Iratiko basoan nagoela. Mesedez nire bila etorri, sei eta erdietan portalea irekitzen da, azkar zatozte!"

Martini dana kontatu nion. Erlojua begiratu eta justo sei eta erdiak zi-ren. Korrika batean helduei Kattaren bila gindoazela esan genien. Hitza ahoan utzi gurasoei eta hondartzako arrailaraino abiatu ginen. Ailegatu ginenean, euskal mitologiaren pertsonaiak portale horretatik sartzen eta ateratzen zirela ikusi genituen. Momentu horretan ulertu genuen Katta portale horretatik alegatu zela Iratiko basora eta guk berdina egin behar genuela bertara iristeko.

Portalera sartzerako orduan, kobazuloaren ertz ilun batean Deabrua ikusi genuen, baina babestuta sentitzen ginen amuletoak gainean geneuz-kalako eta beraiekin Deabruak ezin zigulako ezer ez egin. Euskal mitolo-giako pertsonaiak portaletik sartzen zirela aprobetxatuz, beraiekin sartu ginen geu ere.

Jada Iratiko basoan geunden, Katta aurkitzea besterik ez genuen falta.

Bat-batean izaki erraldoi bat ikusi genuen, Kattak deskribatu zuen moduan eta keinuka ari zitzaigun beraren atzetik joateko. Martini Basajaun zela kontatu nion eta izaki babesle bat besterik ez zela, minik emango ez ziguna. Basajaunek Trikuharrira eraman ginduen. Han Katta topatu genuen eta korrika batean joan ginen besarkada erraldoia ematera.

Kattak bere abenturaren laburpena kontatu zigun. Oso pozik geunden hirurak berriz elkartzea lortu genuelako.

—Bueno, Valentziara bueltatu beharko gara, ezta neskak? Ez dakigu portalea noiz itxiko den eta... —esan zuen Martinek.

Momentu horretan, neskok elkarri begiratu genion eta barrezka esan genuen:

—Zer erremedio, Martin!

Gazte kategoria, Bigarren Hezkuntzako 1. eta 2. ikasturteetako ikasleak (III. taldea)

Zer erremedio!

MARKEL GÓMEZ ÁLVAREZ

Martinek baietzeko keinua egin zuen, pentsakor, baina ez zidan begirada zuzendu. Mugikorra amatatu zuen eta bere begiak liburutik saltoka hasi ziren. Segundu batzuk egon zen horrela, guztiz isilik, bat-batean geldutu zen arte. Hatzamarrarekin jarraitu zituen liburuko letra beltz txikiak.

—Madarikazioarekin amaitu nahi bada, sorgindutakoari istorioak sinestarazi egin behar zaizkio hurrengo ilargi betea zeruan agertu baino lehen —irakurri zuen.

Hitzak airean geratu ziren horrek esan nahi zuena barneratzen genuen bitartean. Gaurko gaua zen ilargi betekoa, festako gaua. Zelako kasualitatea, edo dena aurreikusita al zeukaten? Martinen aurpegian azaleratu zen izuak ezetz esaten zuen, baina ez nintzen fidatzen.

—Utziko didazu irakurtzen?

Baiezko keinua, baina begirada zuzendu ez. Liburua nigana aurreratu zuen, orritik irekita. Bi eskuekin hartu nuen eta berak irakurritakoa bilatu nuen. Hor zegoen, letraz letra. Baina orduan, madarikatuta zegoen edo oso ondo prestatutako txantxa zen?

—Bere bila joan behar dugu —aldarrikatu zuen bat-batean.

Ustekabean harrapatu ninduen eta asko luzatu nintzen erantzuna pentsatzeko.

—Kattak festa prestatzen lagunduko du, hor ikusi arte itxaron dezakegu.

—Baina ez bada aurkezten?

—Eta non bilatuko dugu?

—Kobazuloan.

Ezetz esatekotan egon nintzen, baina berdin-berdin joango zela ikusi nuen bere begiradan. Ez zirudien txantxetan zegoenik, baina agian antzezpenerako talentu ezkutu bat zuen.

—Zer diozu?

Berriro ari nintzen gehiegi luzatzen.

—Galdetu iezaiezu lehengo bere gurasoei, agian biharamunaz dago edo horrelako zerbait.

—Mezu bat bidali didate oraintxe bertan, ez da etxera bueltatu.

—Utzi irakurtzen, mesedez.

Mugikorra berriz atera zuen, piztu eta erakutsi zidan mezuetako azkena. Hor zegoen, berriz ere, letraz letra berak esandakoa. Ez zirudien txantxa zenik, baina ez nituen sinistuko istorioak horregatik bakarrik. Martin zen eta bere fededun aluzinazioak.

30

—Ba goazen orduan, baina ez dut uste gau osoa eman duenik harean botata zulo hotz baten barruan.

—Ez daukagu non bilatu bestela.

Bai, esatear egon nintzen, edozein lagunen etxean edo diskoteka itxi batean, baina ez nuen hori esan.

—Ados.

Ordu erdi geroago olatuak hausten eta kaioak txioka entzuten nituen. Harez beteta neuzkan galtzerdiak eta nire jertsea besarkatzen nuen hotzaren kontra borrokatzeko. Martin aurretik zihoan eta haizeak itsasorantz bultzatzen zuen pauso bakoitzean.

Gure aurrean harresi natural erraldoi bat altxatzen zen, azkenengo hogeita hamar metroak itzalean mantentzen zituena. Kobazuloa hor zegoen eta atzapar batek egindako zuloa zirudien. Gero eta zentzugabeagoa iruditzen zitzaidan Martinen idea, hori posible bazen.

Itzalean sartu ginen eta hainbeste besarkatu nuen jertsea bularra apurtzear nengoela pentsatu nuela. Martinek pausoa arindu zuen eta ia korrika joan behar izan nintzen bera bezain azkar joateko. Kobazuloaren sarrerara ailegatu ginen eta Martin abiadura berean sartu zen. Ni momentu batez gelditu nintzen eta hatzamarrak sartu nituen. Hotzikara batek gorputz osoa zeharkatu zidan.

—Kaka zaharra!

Kobazuloak oihartzuna bueltatu zidan. Martin desagertuta zegoen jada harri artean.

Beste madarikazio bat bota, jantziak gehiago estutu eta harri artean sar-
nintzen hotza kontuan hartu gabe.

Dena ilunpetan zegoen eta behekaldea gero eta meheagoa egiten zen.
korrika nihoan eta Martinen pausuak entzuten nituen nire aurrean, oi-
tzunak ekarrita.

Bat-batean, pausuak entzuteari utzi nion. Gelditzear nengoenean, gor-
z baten kontra eman nuen. Arrokak sentitzen nituen sorbaldak mugi-
n nituen bakoitzean.

—Hemen ez dago, joan gaitezen beste leku batera bere bila —entzun
en Martin nire atzetik.

Buelta eman nuen eta haren kontra jo zuten nire eskuek.

—Zer demontre!

Atzerantza joan nintzen, baina harrien kontra baino ez zuen eman nire
putzak.

—Ondo zaude?

Alboetara begiratu nuen, baina ez nuen piperrik ikusten.

—Bai, goazen.

Arnasa hartzeko gelditu nintzen eta eskuak belaunetan jarri nituen jaus-
ekiditzeko. Martinek korrika jarraitu zuen, urduritasuna erregai gisa
biltzen. Itsaslabarrak mozten zuen ikusmuga eta eszenatoki beltz handi
zegoen gure aurrean. Bere inguruan bi karpa zuri zeuden altxatuta,
nabarraren kolore beroez margoztuak.

—Itxaron!

Martinek aurrera jarraitu zuen. Sakon egin nuen arnas eta berriz ere
tetu nintzen. Korrika jarraitu nuen eta Martinen atzetik joan nintzen

bere izena nire barnean madarikatzen nuen bitartean. Egun osoa gene-raman horrela, borroka asko eta gero egitea lortu nituen geldialdiak kon-tuan hartu barik, eta dena ezertarako. Katta desagertuta zegoen? Niri bost, baina ohera bueltatu nahi nuen. Gainera, herri guztia zegoen bere bila, zergatik geu ere?

Martin ikusi nuen gelditzen berrogei metrotara. Lurrera bota zen eta belaunikoz jarri zen. Bere ondora hurbildu nintzen.

—Zer gertatu da?

Ikusmuga seinalatu zuen. Eguzkia desagertzear zegoen itsaso atzetik.

—Denbora amaitu zaigu, ilargia aterako da.

Irribarrea atera zitzaidan, suziriak botatzear nengoen. Behingoz! Mar-tin oso txarto zegoen burutik.

—Agian ez zen kobazuloan sartu —ez zitzaidan nahi nuen tonu lasai-garria atera.

Eguzkirantz begiratzen jarraitzen zuen. Nire bihozkadak kontrolatzen saiatu nintzen eta eskua sorbaldan jarri nion.

Bat-batean txarto sentitu nintzen. Botaka egiteko gogoa izan nuen eta lurrera jausi nintzen. Taupadak buruan sentitzen nituen eta mingaina latz. Gorputz osoa joan zitzaidan belarretara eta lurra sartu zitzaidan begietan. Ahots bat entzun nuen nire belarrian.

—Sinistu behar izan zenuen.

—Katta?

Zer erremedio!

NAIARA MACHO GÁZQUEZ

—Ba, zera... — Martinek orrialdea pasatzearen itxura egin zuen, baina ez zuen lortu; leihoak zabaldu egin baitziren gela osoan zehar durundi egin zuen kolpe bortitz batengaitik, haize-bolada indartsu bat sartu zen barrura, liburua Martinen eskuetatik ihes egitea eta gelan zehar hegan egitea eragin zuena. Makurtu egin nintzen liburua lurretik jasotzeko, baina ukitu baino lehen Martinek eskuan jo zidan.

— Baina zer gertatzen zaizu orain? —galdetu nuen nahasita. Martinek hatz erakuslea ezpainetara eraman zuen isiltzeko esateko, eta intsentsua pizten hasi zen. Piztu zuen unean, beste haize bolada bat sartu eta berehala intsentsua itzali zuen.

35

—Sentitzen dut, baina ezin dut honekin aurrera egin —oihu egin zuen, aurpegian kezka nabarmena zuela.

—Martin, haize-bolada bat besterik ez da —esan nion, ziurtasun itxura adieraziz, nahiz eta, egia esan, ziurgabetasunak guztiz hartzen ninduen.

—Ez nabil txantxetan, Saioa Elizondo. Aholku gisa, ahaztu hori guztia, hori da egin dezakezun onena eta —erantzun zidan hotz eta zorrotz, aurpegian inolako espresiorik gabe.

Saioa Elizondo... Martinek ez zidan inoiz nire izen osoa deitzen, inoiz ez. Benetan beldurtuta egongo zatekeen? Martin gelatik irten eta geldi geratu nintzen, lau horma haien artean harrapatuta, pentsamenduak ximeleta urdurien antzera hegaka nituela. Zorioneko liburua lurrean zetzan, sekreturik gorde izan ez balu bezala. Isiltasunak hartu zuen giroa, dena misteriozko mantu batean bilduta. Horman zegoen zurezko erlojuaren orratzak biratzen ari ziren denboraren aurrerapen gupidagabea adieraziz. Bitartean, pentsatzen jarraitzen nuen. Martin bizikletarekin atera zen, lagunak haren zain zeuden kanpoan. Haien lasaitasunak aztoratu, barre egin eta haiekin hitz egiten zuen, ezer gertatu ez balitz bezala. Nola egon zitekeen hain lasai? Edo, hobeto esanda, ba al zegoen irudi hori lasai edukitzeko moduko zerbait?

Bat-batean, Martinek niri gezurra edo iseka egiteko aukera sortu zen, lehenago ere gogoan izan nuen zerbait, baina ez horrela, ez hainbeste. Martin gezurti porrokatua zen, eta trebezia aparta zuen jendea konbentzitzeko, ni barne, eta ez ninduke harrituko hori guztia fartsa bat izan balitz, nitaz barre egiteko amarru bat. Edo, agian, pertsona seguru bat besterik ez zen, gehiegi kezkatzen ez zena, nire kontrakoa. Esajeratzen ari

nintzen, beharbada, hau guztia ez zen hainbesterako. Zalantzazko itsaso batean murgiltzen ari nintzen, Martinen hitz eta keinu bakoitza zalantzan jartzen nuen, norengan edo zertan sinetsi ez nekiela. Sukaldera itzultzean, platerak bildu gabe aurkitu nituen; Martinek dagoeneko, jana egina zeukan. Zerbait prestatzea erabaki nuen bazkaltzeko. Gero Laurari deitu, Valentziako herri txiki horretako nire lagun bakarrari, eta hondartzara elkarrekin joan eta deskonektatzeko. Une batez, hobeto sentitu nintzen, baina banekien sentimendu iragankorra zela, jaia hurbiltzen ari baitzen eta erabaki bat hartu behar bainuen. Orduan, Martinen ahotsa entzun zen nire buruan... "Aholku gisa, ahaztu hau guztia, hori da egin dezakezun onena". Eta nire bizitzan behingoagatik lasaitzen banintzen eta gauzek bere bidea egin zezaten uzten banuen? Bai, horixe egin behar nuen.

Gaua iritsi zen eta Laura nire zain zegoen kanpoan. Kontuz, nire soinekorik gogokoena jantzi nuen, kolore gorri bizikoa. Atera hurbiltzen ari nintzela, hotzikara txiki batek zeharkatu zidan bizkarra. Une batez ez nuen ireki nahi izan, airean zerbaitek arrisku ezezagun baten berri emango balit bezala. Hala ere, pentsamendu hori desagertu egin zen Lauraren ahotsa ate atzean entzun nuenean, azkar ibiltzeko esanez. Zerbaitek esaten zidan erabaki txarra zela, baina gaueko zirrarak atea ireki eta ilunpetan sartzera bultzatu ninduen.

Hondartzara iritsi ginen. Han, areto handi bat zegoen, dantzan eta kantuan ari zen jendez beteriko musikaz betea, Laura eta biok barne. Dantzan ari nintzela, norbaitek arretaz begiratuko balit bezala sentitu nintzen. Jiratzean, emakume zahar baten begirada zorrotzarekin topo egin nuen. Hondartzatik oso hurbil zegoen bere etxeko leihotik, bazirudien nire

mugimendu bakoitza arretaz jarraitzen zuela. Haren begirada deserosoak agerian eta ahul sentiarazi ninduen, nik neuk ezagutzen ez nuen sekretu bat aurkitu izan banu bezala. Barrunbearen beste aldean ikusi nuenean, hotzikara batek zeharkatu zidan bizkarra berriro, haraino hain azkar nola iritsi zen galdezka. Bere begiak nigan finkaturik zeudela sentitzeak, non nengoen axola ez bazitzaidan ere, biziki kezkatzen ninduen. Hala ere, erabat aztoratu ninduena zera izan zen, bat-batean desagertu egin zela arrastorik utzi gabe. Deserosotasun eta misteriozko sentsazio horrek jazarri ninduen gauaren hondarrean, ni astintzerik lortzen ez zuen ezinegona sortuz. Hurrengo goizean, gertatutakoaz hausnartu ondoren, emakume zaharra benetan existitzen zen ala nire irudimenaren ondorio zen zalantzan jarri nuen. Haren begiek, hain biziak eta sakonak izanik, nire arima zeharkatzen zutela ematen zuen, barruan neukan pentsamendu eta irrika bakoitza ezagutzen nuela sentituz. Nor zen nahi bezala agertu eta desagertuko zen irudi misteriotsu hori? Gauean, loak hartzen saiatzen nintzen bitartean, haren aurpegia behin eta berriz irudikatzen zen nire buruan. Benetan desagertu ote nintzen galdetzen nion neure buruari, edo bazter ilunen batetik begiratzen ote zidan. Haren presentzia ilusio hutsa baino gehiago izan zitekeela pentsatzeak beldurtu egiten ninduen, eta etxeko zarata bakoitzak ohetik salto eginarazten zidan, haren begiradarekin berriro topo egiteko beldurrez. Egunak aurrera joan ahala, behatua izatearen sentsazioa obsesio bihurtu zen, nire pentsamenduak ahituz eta nire lasaitasuna asaldaraziz. Andre zaharraren itzala amesgaizto etengabea bihurtu zen, bere begirada inkisitiboaren preso mantentzen ninduen irtenbiderik gabeko enigma.

Eguna argitzen ari zen, eguneko lehen argiak leihoan sartzen ziren, ohi bezala lorik egin ezinik, eta hondartzara joatea erabaki nuen, buruan ordena jarri eta itsasoko airea sakon arnasteko, Mediterraneo itsaso horretakoa, non egunsentia paradisuaren antzekoena izatetik gertu baitzegoen. Hain hunkituta nengoen paisaia idilikoa miresten, non ez bainuen emakume zahar misteriotsua niregana iristen ikusi, bat-batean dena asaldatu zen, beldurrak bildu ninduen eta izerdi tantek hartu ninduten, orain lehen aldiz ulertu nuen Kattaren aurpegia.

Hirurogeita hamabost bat urteko emakume zaharrak Lucia zuen izena, Mantxako herri txiki batekoa zen, baina txikitatik Madrilen bizi izan zen, eta han, lana zela eta aita lekualdatu zuten. Laster nabarmendu zen, emakume ederra izan zen gaztetan, eta arrakasta handia izan zuen lanean; ez zen harritzekoa izan umezurztegi bat zuzendu izana Alcala kalean, Retiro parketik eta San Jose parrokiatik oso gertu, non ume asko abandonatzen zituzten urte izugarri haietan, baina horiek beste istorio batzuk ziren.

Katta eta Amelia, Luciaren biloba, ikaskide izan ziren Jesuitak ikastetxean, Valentzian. Amelia triste eta bakarrik sentitzen zen. Egunero, eskolan, ikaskide talde batek *bullying*a egiten zion. Gauza mingarriak esaten zizkioten eta barre egiten zioten. Amelia ez adierazten saiatzen zen, baina mina barrutik erretzen zuen. Ameliari min handiena ematen ziona bere lagun Kattak, lagundu beharrean, sarritan gertatzen ari zitzaionari ez ziola garrantzirik emoten zen. "Ez da hainbesterako", esaten zion Kattak. Edo, besterik gabe, urrundu egiten zen, Ameliak bere lagunen ankerkeriari bakarrik aurre egiten utziz. Amelia traizionatua sentitzen zen. Ez zuen ulertzen zergatik ez zuen Kattak defendatzen, edo behintzat

bera laguntzeko hor zegoela ez zion adierazten. Inoiz baino bakartiago sentitzen zen, bere oinazea ulertzen ez zuten pertsonez inguraturik antzematen zen.

Goizaldean, Ameliak bere buruaz beste egin zuen, Luciaren bihotzean hutsune handi bat utziz.

Katta misterioz beteriko neskatoa zen. Txikitan Luciak zuzendutako umezurztegian bizi izan zen, baina berak ez zekien hori. Luciak Kattaren iragan osoa ezagutzen bazuen ere, ez zion inoiz egia esan. Kattak baino ez zekien bere gurasoak Bea eta Alvaro zirela, baina gezurra zela susmatzen zuen, ez baitzuen inoiz haren umetako argazkirik ikusi, eta bere haurtzaroan zalantza asko zeuden, gurasoak erantzuteko gai ez zirenak. Katta bere guraso biologikoei edo historiari buruz ezer jakin gabe hazi zen Beak eta Alvarok adoptatu aurretik. Hazi ahala, iraganarekiko jakin-mina areagotu egiten zitzaion, baina Luciak isilik jarraitzen zuen, berak baino ez zituen ezagutzen sekretuak ezkutatuz. Erantzunik ez izan arren, Katta beti maitatu zuten Beak eta Alvarok, eta maitasunez eta dedikazioz hazi zuten. Hala ere, bere jatorriari buruzko egia ezagutzeko irrikak ez zuen inoiz abandonatu. Luciak, isilik, Kattaren hazkuntzari erreparatzen zion, egia kontatu nahirik, baina horrek haurrarengan izango zuen eraginaren beldur. Bazekien Kattaren iragana minez eta sekretuz betea zegoela, eta horrek bizitza betiko alda ziezaiokeela...

Gau hartan, Amelia bere buruaz beste egin zuen eta Luciak bere egunerokoa aurkitu zuenean, Luciak haserrea eta erremina sentitu zituen.

Irakurri zuenak betiko aldatu zuen Kattaren pertzepzioa. Amorrua laster mendeku desira bihurtu zen, Kattari bere iragan mingarriaz egia osoa kontatuz, Kattaren bizitza hondatuz.

Sineskeriak hori baino ez dira, sineskeriak. Egun hartan gauza askoren esanahia ulertu nuen, baina batez ere beldurrarena. Beldurra bizirik irauten duten pertsonei eduki beharko genieke, ez hildakoei. Izan ere, azken finean, mundu krudel honetako pertsonek baino izan ditzakete gure kontrako ekintzak.

Egunean Ameliak bizitako bidegabekeriak mila emakumek bizi dute.

www.bizkaia.eus/argitalpenak